Ήταν ένα πρ   τα
λιβάδια, σε   οία
κλώσαγε τα

Μετά από λίγο, έξι αυγά άρχισαν να σπάνε το ένα μετά το άλλο. Από το κάθε αυγό βγήκε ένα παπάκι.

Ήταν όμορφα, μικρά πλασματάκια, αξιαγάπητα. Σε απάντηση η μαμά πάπια ευτυχισμένη φώναξε ¨Πα, πα, πα!¨.

Αλλά, όταν άρχισε να τα φιλάει ένα ένα, σοκαρίστηκε βλέποντας ένα αυγό το οποίο δεν είχε σπάσει. "Αναρωτιέμαι πόσο θα διαρκέσει αυτό", φώναξε η μητέρα.

Η μητέρα πάπια κάθισε ξανά στο αυγό που δεν είχε σπάσει. Στο τέλος, έσπασε και βγήκε ένα παπάκι με γκρίζα φτερά.

Το νέο παπάκι σερνόταν φωνάζοντας "Πιπ, πιπ". Ήταν πολύ μεγάλο και άσχημο. Ήταν πολύ μεγαλύτερο στο μέγεθος σε σχέση με τα άλλα.

Η μαμά πάπια αναρωτιόταν "Μοιάζει διαφορετικό!
Τα φτερά του είναι βρώμικα και έχει μεγάλα πόδια.
Αλλά ποιος νοιάζεται, θα είναι καλόκαρδο".

Μια μέρα, η μαμά πάπια και τα παπάκια της επισκέφθηκαν μια φάρμα. Το γκρι παπάκι ήταν τόσο άσχημο που όλοι αρχίσαν να το φωνάζουν, "ασχημόπαπο".

Τα έξι παπάκια ήταν αποδεκτά, αλλά το ασχημόπαπο
το κορόιδευαν όλα τα ζώα της φάρμας.

Ακόμα και τα αδέρφια του έλεγαν "Ααα, εσύ άσχημο πλάσμα, ευχόμαστε να σε αρπάξει η γάτα!". Το ασχημόπαπο δεν είχε μέρος να κρυφτεί.

Έτσι, διωγμένο από όλους, το ασχημόπαπο αποφάσισε να φύγει μακριά και να ζήσει μόνο του. "Με απεχθάνονται επειδή είμαι άσχημο", έλεγε πικραμένο.

Σύντομα, έφτασε σε μια μεγάλη άγονη έκταση,
κατοικημένη από άγριες πάπιες. Πέρασε εκεί τη
νύχτα του, καθώς ήταν κουρασμένο και λυπημένο.

Το πρωί, οι αγριόπαπιες το κοίταζαν επίμονα. "Τι άσχημο παπί που είσαι", είπαν γελώντας. "Αλλά αυτό δεν έχει σημασία. Έλα στην παρέα μας", συμπλήρωσαν.

Το ασχημόπαπο τρομοκρατήθηκε. '"Εκανα λάθος που άφησα την φάρμα μου", μουρμούρισε. Έτσι, κρύφτηκε στους θάμνους.

Απογοητευμένο το ασχημόπαπο, σκέφτηκε "Ελπίζω να βρω γρήγορα ένα καταφύγιο".

Την επόμενη μέρα, ένα όμορφο πρωϊνό, κάτι περίεργο συνέβαινε στην άγονη έκταση. Δύο νέοι άντρες κρατούσαν όπλα και σημάδευαν τις πάπιες.

Ήταν κυνηγοί. Σε ανύποπτο χρόνο, άρχισαν να πυροβολούν τις πάπιες. Το αποτέλεσμα ήταν όλες οι πάπιες να πετάξουν μακριά, αφήνοντας το ασχημόπαπο ολομόναχο.

Το ασχημόπαπο τρομοκρατήθηκε. Σκέφτηκε ότι θα πεθάνει. Ωστόσο, ήταν τυχερό, καθώς γλύτωσε από τις σφαίρες.

Το μικρό ασχημόπαπο περιπλανιόταν από μέρος σε μέρος. Σε οποιοδήποτε μέρος και αν πήγαινε, το αποκαλούσαν άσχημο και το έδιωχναν.

Ο χειμώνας ήρθε. Τα φύλλα άρχισαν να πέφτουν από τα δέντρα και το έδαφος έγινε κρύο και σκληρό. Το ασχημόπαπο δεν είχε να μείνει πουθενά.

Ένα απόγευμα, ένα πλήθος από πουλιά πετούσε στον ουρανό. Ήταν κύκνοι με μακριούς λαιμούς. "Εύχομαι να ήμουν κι εγώ έτσι", σκέφτηκε το ασχημόπαπο.

Το ασχημόπαπο έτρεξε προς τους αγρούς και τα λιβάδια μέχρι που μια καταιγίδα σταμάτησε την πορεία του. Το απόγευμα, έφτασε σε μια πολύ μικρή καλύβα.

Σκέφτηκε ότι θα μπορούσε να βρει καταφύγιο μέσα στην καλύβα ή να συνεχίσει για κάπου αλλού. Το ασχημόπαπο ήταν κουρασμένο από τις πολλές μέρες περιπλάνησης.

Ξαφνικά, μια ηλικιωμένη γυναίκα εμφανίστηκε από το σπίτι. Η ηλικιωμένη γυναίκα είχε αδύναμη όραση. Όταν είδε το ασχημόπαπο, νόμιζε ότι ήταν μια εγκαταλειμένη χήνα.

"Ωχ! Τι δώρο! Εύχομαι να είναι θηλυκό για να γεννήσει πολλά αυγά", σκέφτηκε η ηλικιωμένη γυναίκα.

Το έβαλε σε ένα κλουβί χαρούμενη. Το ασχημόπαπο βρέθηκε πάλι μπλεγμένο. Προσπάθησε μανιωδώς να ξεφύγει αλλά δεν τα κατάφερε.

Κάθε πρωί, η ηλικιωμένη γυναίκα πήγαινε κοντά στο κλουβί για να δει αν η χήνα γέννησε μερικά αυγά, αλλά δυστυχώς επέστρεφε συνεχώς απογοητευμένη.

Μετά από μερικές μέρες, όταν δεν είχε γεννήσει
κανένα αυγό, η γυναίκα πέταξε το ασχημόπαπο έξω
από το κλουβί. " Φύγε από εδώ. Μου είσαι άχρηστο",
του φώναξε.

Το ασχημόπαπο βρήκε καταφύγιο στην άκρη της λίμνης ενός δάσους. Ήταν χειμώνας, τα σύννεφα, γεμάτα από νιφάδες χιονιού κρέμονταν χαμηλά στον ουρανό.

Την ίδια στιγμή, το ασχημόπαπο δεν μπορούσε να βρει τίποτα να φάει μιας και τόσο το έδαφος όσο και η βλάστηση ήταν παγωμένα. Σκεφτόταν, συχνά, ότι θα πεθάνει.

Μια νύχτα, το ασχημόπαπο ήταν πολύ διψασμένο και άρχισε να τρυπάει το έδαφος με το ράμφος του για να βρει νερό. Πολύ σύντομα αισθάνθηκε τόσο κουρασμένο και εξαντλημένο που έπεσε να κοιμηθεί στον πάγο.

Το επόμενο πρωί, ένας αγρότης πέρασε από την άκρη της λίμνης. Ξαφνικά, το βλέμμα του έπεσε στο παπάκι που καθόταν μόνο του στον πάγο.

"Ωχ φίλε μου μοιάζεις να τρέμεις", είπε με στοργή. "Έλα μαζί μου στο σπίτι μου, η γυναίκα μου θα σε φροντίσει".

Με καλή διατροφή και φροντίδα, το ασχημόπαπο έγινε δυνατό και υγιές. Τα παιδιά του αγρότη ήθελαν να παίξουν μαζί του.

Όμως, τα παιδιά ήταν τόσο άγρια στο τρόπο που το κρατούσανε, που συχνά τρόμαζε όταν το κυνηγούσαν. Μόλις μπορέσε, έφυγε μακριά.

Στο τέλος, το ασχημόπαπο βρήκε μια ασφαλή κρυψώνα πίσω από τα καλάμια. Εκεί, έμεινε για το υπόλοιπο του χειμώνα.

Μετά από αρκετές εβδομάδες, ο γλυκός ανοιξιάτικος ήλιος έλαμψε ξανά. Το ασχημόπαπο άνοιξε τα πτερύγια του. Ήταν, πλέον, πολύ δυνατά.

Ξαφνικά, σηκώθηκε από το έδαφος και πέταξε ψηλά στον ουρανό. Από έναν θάμνο ήρθαν τρεις όμορφοι άσπροι κύκνοι για να κολυμπήσουν κατά μήκος του νερού.

"Θα πετάξω σαν αυτά τα βασιλικά πουλιά", αναφώνησε. "Αλλά τι θα γίνει αν με απεχθάνονται για την ασχήμια μου;". Το ασχημόπαπο επέστρεψε στο έδαφος για να τα δει.

Από την άλλη, οι άσπροι κύκνοι ήταν απασχολήμενοι με το να προσέχουν τα νεογνά τους. Διασκέδαζαν στο δροσερό καλοκαιρινό νερό.

Ξαφνικά, ένας κύκνος είπε σε έναν άλλο "Βλέπεις τον κύκνο που έρχεται προς το μέρος μας; Δεν είναι όμορφος!". "Ωχ ναι", απάντησε ο άλλος.

Καθώς κουνούσε το κεφάλι του με θλίψη, είδε την αντανάκλαση του στο νερό. Ήταν η εικόνα ενός όμορφου κύκνου και όχι ενός άσχημόπαπου!

Κατά την διάρκεια του χειμώνα, είχε μεγαλώσει και είχε γίνει ένας όμορφος άσπρος κύκνος. Οι κύκνοι κολυμπούσαν γύρω απο τον νεοφερμένο και χτύπησαν τον λαιμό του με το ράμφος τους για να τον καλωσορίσουν.

Στο τέλος, το ασχημόπαπο έμαθε ότι ήταν ένας κύκνος και όχι ένα παπί. Τελικά, ενώθηκε με την αληθινή οικογένεια του.